KAHLIL GIBRAN

Sand und Schaum

APHORISMEN

Walter-Verlag
Olten und Freiburg im Breisgau

Die amerikanische Originalausgabe erschien unter dem Titel «Sand and Foam» im Verlag Alfred A. Knopf, New York.

Die Übersetzung besorgte
Frank-Roland Pohl

3. Auflage 1978

Gesamtherstellung
in den grafischen Betrieben des Walter-Verlags
Printed in Switzerland

ISBN 3-530-26722-8

Immer wandere ich auf diesen Stränden,
zwischen Sand und Schaum.
Die Flut wird meine Fußstapfen auslöschen
und der Wind den Schaum fortblasen.
Aber das Meer und der Strand werden übrigbleiben.
Ewig.

Einmal füllte ich meine Hand mit Nebel.
Dann öffnete ich sie, und siehe, der Nebel wurde zu einem Wurm.
Und ich schloß und öffnete meine Hand abermals, und siehe da, da war es ein Vogel.
Und wieder schloß und öffnete ich meine Hand, und in ihrer Vertiefung stand ein Mensch mit traurigem Gesicht, nach oben gerichtet.
Und noch einmal schloß ich meine Hand, und als ich sie öffnete, war darin nichts als Nebel.
Doch ich hörte einen überaus lieblichen Gesang.

Es war gestern, als ich mich selbst als ein Bruchstück dachte, ohne Rhythmus in der Lebenssphäre zitternd.
Heute weiß ich, daß ich die Sphäre bin und sich das ganze Leben in rhythmischen Bruchstücken in mir bewegt.

Sie sagen mir bei ihrem Erwachen: «Du und die Welt, in der du lebst, seid nur ein Sandkorn an dem unendlichen Strand eines unendlichen Meeres.»
Und in meinem Traum antwortete ich ihnen: «Ich bin das unendliche Meer, und alle Lebewesen sind nur Sandkörner an meinem Strand.»

Nur einmal machte man mich stumm. Es war, als mich jemand fragte: «Wer bist du?»

Der erste Gedanke Gottes war ein Engel.
Das erste Wort Gottes war ein Mensch.

Wir waren unruhige, unstete, sehnsüchtige Kreaturen, Millionen Jahre bevor uns das Meer und der Wind im Walde Worte gab.
Nun, wie können wir das Alter der Tage in uns ausdrücken, nur mit dem Klang vergangener Zeiten?

Die Sphinx sprach nur einmal, und sie sagte: «Ein Sandkorn ist eine Wüste, und eine Wüste ist ein Sandkorn; und nun laßt uns wieder schweigen.»
Ich hörte die Sphinx, aber ich verstand sie nicht.

Einmal sah ich das Gesicht einer Frau, und ich erblickte alle ihre noch nicht geborenen Kinder. Und eine Frau sah in mein Gesicht, und sie kannte alle meine Vorfahren, die gestorben waren, bevor sie geboren wurde.

Jetzt möchte ich mich selbst verwirklichen. Aber wie sollte ich, es sei denn, ich würde ein Planet, auf dem Leben besteht?
Ist das nicht das Ziel eines jeden Menschen?

Eine Perle ist ein Tempel, mit Schmerz um ein Sandkorn erbaut.
Welches Verlangen bildete unsere Körper und um welche Körner?

Wenn Gott mich, einen Kieselstein, in jenen wunderbaren See werfen würde, störte ich seine Oberfläche mit zahllosen Kreisen.
Aber wenn ich die Tiefen erreichte, würde ich sehr ruhig.

Gib mir Schweigsamkeit, und ich will der Nacht trotzen.

Ich wurde zum zweiten Male geboren, als meine Seele und mein Körper einander liebten und sich vermählten.

Ich kannte einmal einen Mann, dessen Ohren überaus scharf waren, aber er war stumm. Er hat seine Zunge in einer Schlacht verloren.
Ich weiß jetzt, welche Art Schlachten dieser Mann ausfocht, bevor das große Schweigen kam. Ich freue mich, daß er tot ist.
Die Welt ist nicht groß genug für zwei von uns.

Lange lag ich im Staub Ägyptens, schweigend und ohne Kenntnis der Jahreszeiten.
Dann gebar mich die Sonne, und ich stand auf und wanderte an den Ufern des Nils,
singend mit den Tagen und träumend mit den Nächten.
Und jetzt tritt die Sonne mit tausend Füßen auf mir herum, um mich wieder in den Staub Ägyptens zurückzulegen.
Aber siehe, welch Wunder und Rätsel.
Dieselbe Sonne, die mich zusammenfügte, kann mich nicht auseinanderstreuen.
Noch immer bin ich aufrecht, und sicheren Fußes wandere ich an den Ufern des Nils.

Erinnerung ist eine Form der Begegnung.

Vergeßlichkeit ist eine Form der Freiheit.

Wir messen die Zeit nach der Bewegung unzähliger Sonnen; und jene messen die Zeit mit kleinen Maschinen in ihren kleinen Taschen.
Nun sage mir, wie können wir uns jemals am gleichen Platz und zur gleichen Zeit treffen?

Es gibt keinen Raum zwischen der Erde und der Sonne für denjenigen, der aus den Fenstern der Milchstraße heruntersieht.

Die Menschheit ist ein Fluß des Lichtes, der aus der Endlichkeit zur Unendlichkeit fließt.

Beneiden nicht die im Äther wohnenden Geister den Menschen um seinen Schmerz?

Auf dem Weg zur heiligen Stadt traf ich einen anderen Pilger und fragte ihn: «Ist dieses wirklich der Weg zur heiligen Stadt?»
Und er sagte: «Folge mir, und du wirst die heilige Stadt in einem Tag und in einer Nacht erreichen.»
Und ich folgte ihm. Wir wanderten viele Tage und Nächte, ohne die heilige Stadt zu erreichen. Und was mich überraschte: er wurde böse auf mich, weil er mich irregeleitet hatte.

Mache mich, o Gott, zur Beute des Löwen, ehe du das Kaninchen zu meiner Beute machst.

Nur auf dem Pfad der Nacht erreicht man die Morgenröte.

Mein Haus sagte zu mir: «Verlaß mich nicht, denn hier wohnt deine Vergangenheit.»
Und die Straße sagte zu mir: «Komm und folge mir, denn ich bin deine Zukunft.»
Und ich sage zu beiden, zu meinem Haus und zu der Straße: «Ich habe weder Vergangenheit noch habe ich Zukunft. Wenn ich hier bleibe, ist ein Gehen in meinem Verweilen; und wenn ich gehe, ist ein Verweilen in meinem Gang. Nur Liebe und Tod ändern die Dinge.»

Wie kann ich den Glauben an die Gerechtigkeit im Leben verlieren, wenn die Träume derer, die auf Federn schlafen, nicht schöner sind als die Träume derer, die auf der Erde schlafen?

Seltsam, das Verlangen nach bestimmten Vergnügen ist ein Teil meiner Schmerzen.

Siebenmal habe ich meine Seele verachtet:
Das erstemal, als ich sie sanftmütig sah, damit sie Größe erreichte.
Das zweitemal, als ich sie vor den Verkrüppelten hinken sah.
Das drittemal, als sie zwischen Schwerem und Leichtem wählen konnte und sie das Leichte wählte.
Das viertemal, als sie ein Unrecht beging und sich selbst damit tröstete, daß andere ebenfalls Unrecht begehen.
Das fünftemal, als sie etwas aus Schwäche unterließ und ihrer Ausdauer Stärke zuschrieb.
Das sechstemal, als sie die Häßlichkeit eines Gesichtes verachtete und nicht wußte, daß es eine ihrer eigenen Masken war.
Und das siebentemal, als sie einen Lobgesang anstimmte und es für Kunst hielt.

Ich kenne die absolute Wahrheit nicht. Aber ich stehe meiner Unwissenheit demütig gegenüber, und darin liegt meine Ehre und meine Belohnung.

Es liegt ein Raum zwischen der schöpferischen Einbildungskraft eines Menschen und dem, was ein Mensch erreicht, den er nur durch seine Sehnsucht durchschreiten kann.

Das Paradies ist dort, hinter dieser Tür im nächsten Zimmer; aber ich habe den Schlüssel verloren.
Vielleicht habe ich ihn nur verlegt.

Du bist blind, und ich bin taubstumm, laß uns deshalb uns die Hand geben und einander verstehen.

Die Bedeutung eines Menschen liegt nicht in dem, was er erreicht, sondern vielmehr in dem, was er sich zu erreichen sehnt.

Einige von uns sind wie Druckerschwärze und einige wie Papier.
Wenn es nicht wegen der Schlechtigkeit von einigen von uns wäre, wären einige unter uns stumm.
Wenn es nicht für die Unschuld von einigen von uns wäre, wären einige unter uns blind.

Gib mir Gehör, und ich werde dir Stimme geben.

Unser Verstand ist ein Schwamm, unser Herz ein Strom. Ist es nicht seltsam, daß die meisten von uns lieber das Saugen wählen, statt sich zu ergießen?

Wenn du dich nach Segnung sehnst, die du nicht beim Namen nennen kannst, und wenn du dich grämst, und den Grund nicht kennst, dann wächst du wahrhaftig mit allen Dingen, die wachsen, und brichst zu deinem größeren Selbst auf.

Wenn jemand durch ein Traumbild berauscht ist, hält er den schwachen Ausdruck der Erscheinung für den wahrhaftigen Wein.

Du trinkst Wein, um berauscht zu werden; und ich trinke, daß er mich ernüchtern möge von jenem anderen Wein.

Wenn mein Becher leer ist, finde ich mich mit seiner Leere ab; wenn er jedoch halbvoll ist, ärgere ich mich über seine halbe Fülle.

Die Wirklichkeit eines anderen Menschen liegt nicht darin, was er dir offenbart, sondern in dem, was er dir nicht offenbaren kann.
Wenn du ihn daher verstehen willst, höre nicht auf das, was er sagt, sondern vielmehr auf das, was er verschweigt.

Die Hälfte von dem, was ich sage, ist bedeutungslos; aber ich sage es so, daß die andere Hälfte dich erreichen kann.

Sinn für Humor ist Sinn für ein Maß.

Meine Einsamkeit wurde geboren, als ein Mensch meine geschwätzigen Fehler lobte und meine schweigenden Werte tadelte.

Wenn das Leben keinen Sänger findet, der ihm aus dem Herzen singt, bringt es einen Philosophen hervor, der von des Lebens Geist spricht.

Eine Wahrheit muß stets gegenwärtig sein, um manchmal geäußert zu werden.

Das Ursprüngliche in uns ist Schweigsamkeit; das Erworbene Beredsamkeit.

Die Lebensstimme in mir kann des Lebens Ohr in dir nicht erreichen; laß uns jedoch reden, damit wir uns nicht so allein fühlen.

Wenn zwei Frauen sprechen, sagen sie nichts aus; wenn eine Frau spricht, enthüllt sie das ganze Leben.

Frösche mögen lauter brüllen als Stiere, aber sie können nicht den Pflug auf dem Felde nach sich ziehen, auch nicht das Rad der Weinpresse drehen, und aus ihrer Haut kann man keine Schuhe machen.

Nur die Stummen beneiden die Redsamen.

Wenn der Winter sagen würde: «Der Frühling ist in meinem Herzen», wer wollte dem Winter Glauben schenken?

Jeder Same birgt eine Sehnsucht.

Solltest du wirklich deine Augen öffnen und sehen, du würdest dein Ebenbild in allen Bildern erblicken.
Und solltest du deine Ohren öffnen und hören, du würdest deine eigene Stimme in allen Stimmen hören.

Es gehören zwei dazu, die Wahrheit zu entdekken; einer, der sie ausspricht, und einer, der sie versteht.

Wenn auch ein Wortschwall für immer auf uns lastet, so ist doch unsere Tiefe auf ewig schweigsam.

Viele Lehren sind wie eine Fensterscheibe. Durch sie sehen wir die Wahrheit, aber sie trennt uns von der Wirklichkeit.

Laßt uns jetzt Versteck spielen. Solltest du dich in meinem Herzen verstecken, wäre es nicht schwierig dich zu finden. Aber solltest du dich hinter deiner eigenen Maskerade verstecken, würde es für jedermann nutzlos sein, dich zu suchen.

Eine Frau kann ihr Gesicht mit einem Lächeln verschleiern.

Wie edel ist das traurige Herz, das ein fröhliches Lied mit fröhlichem Herzen singen möchte.

Der, der eine Frau verstehen, Geist zergliedern oder das Rätsel der Schweigsamkeit lösen möchte, ist genau der Mann, der, von einem Traum erwachend, an einem Frühstückstisch sitzt.

Laßt uns weder eigen noch abgesondert sein. Des Poeten Geist und der Schwanz des Skorpions erheben sich mit der gleichen Pracht von der gleichen Erde.

Du schuldest demjenigen, der dir dient, mehr als Gold. Schenke ihm dein Herz oder diene ihm.

Nein, wir haben nicht vergebens gelebt. Hat man nicht Türme aus unseren Knochen gebaut?

Ich würde mit all jenen wandern, die wandern. Ich würde nicht stehenbleiben, um zuzuschauen, wie die Prozession vorüberzieht.

Jeder Drachen bringt einen St. Georg zur Welt, der ihn erschlägt.

Bäume sind Gedichte, die die Erde in den Himmel schreibt. Wir fällen sie und verwandeln sie in Papier, um unsere Leere darauf auszudrükken.

Solltest du Lust haben zu schreiben (und nur die Götter wissen, warum du es solltest), benötigst du Wissen, Kunst und Magie – das Wissen um die Musik der Worte, die Kunst, kunstlos zu sein, und die Magie, deine Leser zu lieben.

Sie tauchen ihre Schreibfedern in unsere Herzen, und sie glauben, sie werden inspiriert.

Würde ein Baum seine Lebensgeschichte schreiben, so wäre sie nicht unähnlich der Geschichte eines Geschlechts.

Wenn ich zu wählen hätte zwischen der Kraft, ein Gedicht zu schreiben, und der Verzückung eines ungeschriebenen Gedichtes, würde ich die Verzückung wählen. Es ist die bessere Dichtkunst.
Aber du und all meine Nachbarn seid übereingekommen, daß ich immer schlecht wähle.

Dichtung ist keine Meinung, die man äußert. Es ist ein Gesang, der sich aus einer blutenden Wunde oder einem lächelnden Mund erhebt.

Worte sind zeitlos. Du solltest sie aussprechen oder niederschreiben mit dem Wissen um ihre Zeitlosigkeit.

Ein Dichter ist ein entthronter König, der zwischen der Asche seines Palastes sitzt und versucht, ein Selbstbildnis aus der Asche zu gestalten.

Dichtung ist ein Anteil an Freude und Schmerz und Wunder, mit ein paar Zutaten aus dem Wörterbuch.

Vergeblich wird ein Dichter die Mutter der Lieder seines Herzens suchen.

Ich sagte einmal zu einem Dichter: «Wir werden deine Worte nicht zu schätzen wissen, bevor du stirbst.»
Und er antwortete und sagte: «Ja, der Tod ist immer eine Offenbarung. Und wenn du wirklich meinen Wert wissen willst, ist es, daß ich mehr in meinem Herzen habe als auf meiner Zunge und mehr in meinem Verlangen als auf meiner Hand.»

Wenn du von Schönheit singst, obwohl du allein im Herzen der Wüste bist, wirst du Gehör finden.

Dichtung ist Weisheit, die das Herz entzückt.
Weisheit ist Dichtung, die in der Seele singt.
Wenn wir das Herz eines Menschen entzücken und zur gleichen Zeit in seiner Seele singen könnten, dann würden wir wirklich im Schatten Gottes leben.

Höhere Eingebung will stets nur singen und niemals erklären.

Wir singen oft Wiegenlieder für unsere Kinder, damit wir selbst schlafen können.

All unsere Worte sind nur Brosamen, die vom Festmahl unseres Geistes herunterfallen.

Das Denken ist immer der Stein des Anstoßes für die Dichtkunst.

Der ist ein großer Sänger, der von unserem Schweigen singt.

Wie kannst du singen, wenn dein Mund mit Speise gefüllt ist?
Wie sollte deine Hand zum Segen erhoben sein, wenn sie mit Gold gefüllt ist?

Man sagt, daß die Nachtigall ihre Brust mit einem Dorn durchdringt, wenn sie ein Liebeslied singt.
Wir tun das alle. Wie sonst könnten wir singen?

Genialität ist nur das Lied eines Rotkehlchens am Beginn eines langsam werdenden Frühlings.

Sogar ein höchst beflügelter Geist kann die physische Notwendigkeit nicht umgehen.

Ein Wahnsinniger ist nicht weniger ein Musiker als du und ich; nur das Instrument, auf dem er spielt, ist ein bißchen verstimmt.

Das Lied, das ruhig im Herzen einer Mutter liegt, singt auf den Lippen ihres Kindes.

Kein Sehnen bleibt unerfüllt.

Niemals habe ich mich mit meinem anderen Selbst gänzlich vertragen. Der wahre Grund scheint zwischen uns zu liegen.

Dein anderes Selbst ist immer um dich bekümmert. Deine andere Hälfte jedoch wächst auf der Sorge; damit ist alles gut.

Es gibt keine Anstrengung der Seele und des Körpers außer im Geist derjenigen, deren Seelen schlafen und deren Körper verstimmt sind.

Wenn du die Mitte des Lebens erreichst, wirst du Schönheit in allen Dingen finden, sogar in den Augen, die blind für das Schöne sind.

Wir leben nur, um Schönheit zu entdecken. Alles andere ist eine Art des Wartens.

Säe ein Samenkorn in die Erde, und sie wird dir eine Blume hervorbringen. Träume deinen Traum zum Himmel, und er wird dir deine Geliebte bringen.

Der Teufel starb gerade an dem Tag, an dem du geboren wurdest.
Nun mußt du nicht mehr durch die Hölle gehen, um einen Engel zu treffen.

Viele Frauen leihen sich das Herz eines Mannes; sehr wenige können es in Besitz nehmen.

Wenn du besitzen willst, darfst du nicht beanspruchen.
Wenn die Hand eines Mannes die Hand einer Frau berührt, berühren sie beide das Herz der Ewigkeit.

Liebe ist der Schleier zwischen Liebenden.

Jeder Mann liebt zwei Frauen; die eine ist die Schöpfung seiner Einbildungskraft, und die andere ist noch nicht geboren.

Männer, die den Frauen nicht ihre kleinen Fehler vergeben, werden sich niemals an ihren großen Tugenden erfreuen.

Liebe, die sich nicht jeden Tag selbst erneuert, wird eine Gewohnheit und dann Sklaverei.

Liebende umarmen das, was zwischen ihnen liegt, eher als einander.

Liebe und Zweifel sind niemals nur oberflächlich bekannt gewesen.

Liebe ist ein Wort des Lichtes, geschrieben von einer Hand des Lichtes, auf einer Seite des Lichtes.

Freundschaft ist immer eine angenehme Verantwortung, niemals eine günstige Gelegenheit.

Wenn du deinen Freund nicht bedingungslos verstehst, wirst du ihn niemals verstehen.

Dein strahlendstes Gewand ist aus der Weberei eines anderen Menschen;
dein schmackhaftestes Mahl ist jenes, das du am Tisch eines anderen Menschen ißt;
dein bequemstes Bett steht im Haus eines anderen Menschen.
Nun sage mir, wie kannst du dich von den anderen Menschen absondern?

Dein Verstand und mein Herz werden sich niemals einigen, bis dein Verstand aufhört, in Zahlen zu leben und mein Herz im Dunkel.

Wir werden niemals einander verstehen, bis wir die Sprache auf sieben Worte reduzieren.

Wie soll mein Herz entsiegelt werden, ohne gebrochen worden zu sein?

Nur großes Leid oder große Freude können deine Wahrheit offenbaren.
Wenn du offenbart würdest, müßtest du entweder nackt in der Sonne tanzen oder dein Leid tragen.

Sollte die Natur auf das achten, was wir über die Zufriedenheit sagen, kein Fluß würde zum Meer streben und kein Winter würde zu Frühling werden.
Sollte sie alles beachten, was wir über die Sparsamkeit sagen, wie viele von uns würden diese Luft atmen?

Du siehst nur deinen Schatten, wenn du deinen Rücken zur Sonne drehst.

Du bist frei vor des Tages Sonne und vor den Sternen der Nacht;
und du bist frei, wenn weder Sonne noch Mond noch Sterne da sind.
Du bist sogar frei, wenn du deine Augen vor allem Sein schließt.
Aber du bist ein Sklave dessen, den du liebst.
Und ein Sklave dessen, der dich liebt, weil er dich liebt.

Wir sind alle Bettler am Tor des Tempels, und jeder von uns empfängt seinen Teil von der Freigebigkeit des Königs, wenn er den Tempel betritt und wenn er ihn verläßt.
Aber wir sind alle neidisch aufeinander, was eine andere Weise ist, den König herabzusetzen.

Du kannst nicht über deinen Appetit hinaus essen.
Die andere Hälfte des Brotlaibes gehört einem anderen Menschen, und es sollte ein wenig übrigbleiben für den zufälligen Gast.

Alle Häuser würden Gräber sein, wären sie nicht für Gäste.

Es sagte ein gnädiger Wolf zu einem einfachen Schaf: «Willst du nicht unser Haus mit einem Besuch beehren?»
Und das Schaft antwortete: «Wir würden dein Haus mit einem Besuch beehrt haben, wenn es nicht in deinem Magen läge.»

Ich hielt meinen Gast auf der Schwelle an und sagte: «Nein, wische deine Füße nicht ab, wenn du eintrittst, sondern wenn du herausgehst.»

Großzügigkeit besteht nicht darin, daß du mir das gibst, was ich mehr benötige als du. Sie besteht jedoch darin, daß du mir das gibst, was du eher benötigst als ich.

Du bist wahrhaftig wohltätig, wenn du gibst. Und wenn du gibst, drehe dein Gesicht weg, damit du nicht die Schüchternheit des Empfängers siehst.

Der Unterschied zwischen dem reichsten und dem ärmsten Mann ist nur ein Tag des Hungers und eine Stunde Durst.

Wir leihen oft von unserer Zukunft, um die Schulden unserer Vergangenheit zu zahlen.

Auch ich bin von Engeln und Teufeln besucht worden, aber ich bin sie losgeworden.
Wenn es ein Engel ist, bete ich ein altes Gebet, und er ist gelangweilt.
Ist es ein Teufel, vertraue ich ihm eine alte Sünde an, und er geht an mir vorüber.

Im Grunde ist dies kein schlechtes Gefängnis, aber ich mag nicht diese Wand zwischen meiner Zelle und der Zelle des nächsten Gefangenen.
Dennoch versichere ich dir, daß ich weder den Wärter noch den Erbauer des Gefängnisses schelten möchte.

Diejenigen, die dir eine Schlange geben, wenn du um einen Fisch bittest, haben vielleicht nur Schlangen, um sie dir zu geben. Ihrerseits ist es dann Großzügigkeit.

Betrug gelingt manchmal, aber er begeht immer Selbstmord.

Du bist wirklich nachsichtig, wenn du Mördern vergibst, die niemals Blut vergießen, Dieben, die niemals stehlen, und Lügnern, die keine Unwahrheit aussprechen.

Derjenige, der seinen Finger auf das legen kann, was Gut und Böse trennt, ist zugleich der, der sogar den Gewandsaum Gottes berühren kann.

Wie sollst du erwarten, daß Blumen in deinen Händen erblühen, wenn dein Herz ein Vulkan ist.

Eine seltsame Form der Selbstnachsicht. Es gibt Zeiten, da wünschte ich, daß man mir Unrecht tat und mich betrog, damit ich auf Kosten derer lachen könne, die denken, daß ich nicht weiß, daß man mir Unrecht tut und mich betrügt.

Was soll ich über den sagen, der der Verfolger ist und die Rolle des Verfolgten spielt?

Laß den, der seine beschmutzten Hände an deinem Gewand reinigt, dein Gewand nehmen. Er kann es wieder gebrauchen; du sicherlich nicht.

Es ist schade, daß Geldwechsler keine guten Gärtner sein können.

Bitte wasche deine angeborenen Fehler nicht mit deinen erworbenen Tugenden rein. Ich möchte die Fehler haben; sie sind wie meine eigenen.

Wie oft habe ich mir Verbrechen zugeschrieben, die ich nie begangen habe, damit der andere Mensch sich in meiner Gegenwart wohl fühlen kann.

Sogar die Masken des Lebens sind Masken tieferer Geheimnisse.

Du kannst andere nur nach deinem Wissen um dich selbst beurteilen.
Nun, sage mir, wer unter uns ist schuldig und wer unschuldig?

Nur ein Idiot und ein Genie brechen die von Menschen geschaffenen Gesetze; sie sind dem Herzen Gottes am nächsten.

Der wahrlich Gerechte ist der, der sich halb schuldig fühlt für deine Missetaten.

Nur, wenn man dich verfolgt, wirst du schnell.

Ich habe keine Feinde, o Gott, aber wenn ich je einen Feind haben sollte, laß seine Stärke meiner ebenbürtig sein.
Allein die Wahrheit mag der Sieger sein.

Du wirst ganz freundlich zu deinem Feind sein, wenn ihr beide im Sterben liegt.

Vielleicht kann ein Mensch aus Selbstverteidigung sich das Leben nehmen.

Vor langer Zeit lebte ein Mann, der gekreuzigt wurde, weil er allzu liebevoll und überdies liebenswürdig war.
Sonderbar zum Erzählen, gestern traf ich ihn dreimal.
Das erste Mal bat er einen Polizisten, eine Hure nicht ins Gefängnis zu stecken; das zweite Mal trank er Wein mit einem Ausgestoßenen; und das dritte Mal hatte er im Innern einer Kirche einen Boxkampf mit einem Gründer.

Wenn alles Gute und Böse, von dem sie sprechen, wahr wäre, dann ist mein Leben ein langes Verbrechen.

Mitleid ist nur halbe Gerechtigkeit.

Der einzige, der ungerecht zu mir war, ist derjenige, zu dessen Bruder ich ungerecht gewesen bin.

Wenn du einen Mann siehst, den man zum Gefängnis führt, sage in deinem Herzen: «Vielleicht ist er aus einem engeren Gefängnis entkommen.»
Und wenn du einen betrunkenen Mann siehst, sage in deinem Herzen: «Vielleicht sucht er vor etwas noch Unschönerem zu entkommen.»

Oftmals haßte ich aus Selbstverteidigung; aber wenn ich stärker wäre, hätte ich nicht solch eine Waffe gebraucht.

Wie einfältig ist der, der den Haß in seinen Augen mit dem Lächeln seiner Lippen flicken möchte.

Nur, wer unter mir ist, kann mich beneiden oder hassen.
Ich bin nie beneidet oder gehaßt worden; ich stehe über niemandem.
Nur, wer über mir ist, kann mich loben oder herabsetzen.
Ich bin nie gelobt oder herabgesetzt worden; ich stehe unter niemandem.

Wenn du zu mir sagst: «Ich verstehe dich nicht», übertreibst du meinen Wert und gibst eine Beleidigung, mit der du dich nicht verdient machst.

Wie niederträchtig bin ich, wenn mir das Leben Gold gibt und ich dir Silber gebe und mich dabei für großzügig halte.

Wenn du den Mittelpunkt des Lebens erreichst, wirst du dich selbst nicht größer als der Verbrecher und nicht kleiner als der Prophet finden.

Seltsam, daß du die Langsamfüßigen bemitleiden solltest und nicht die langsam Gesonnenen, und die Blindäugigen eher als die Blindherzigen.

Es ist weiser für den Lahmen, seine Krücken nicht über dem Kopf seines Feindes zu zerbrechen.

Wie blind ist der, der dir aus seiner Tasche gibt, was er aus deinem Herzen nehmen mag.

Das Leben ist eine Prozession. Wer langsamen Fußes ist, findet sie zu schnell, und er tritt heraus.
Und wer schnellen Fußes ist, findet sie zu langsam und tritt ebenfalls heraus.

Wenn es solch ein Ding wie die Sünde gibt, dann begehen sie einige von uns rückwärts, den Fußspuren unserer Vorfahren folgend, und einige begehen sie vorwärts, unsere Kinder beherrschend.

Der wahrhaft Gute ist der, der zu all denen hält, die für schlecht gehalten werden.

Wir sind alle Gefangene, aber einige von uns leben in Zellen mit Fenstern und einige in Zellen ohne Fenster.

Seltsam, daß wir all unser Unrecht mit mehr Nachdruck verteidigen als unsere Rechte.

Wenn wir unsere Sünden einander bekennen würden, würden wir alle übereinander lachen über unseren Mangel an Originalität.
Sollten wir unsere Tugenden offenbaren, würden wir über den selben Grund lachen.

Ein Individuum steht so lange über menschlichen Gesetzen, bis es ein Verbrechen gegen die von Menschen aufgestellten Regeln begeht. Danach steht es weder über noch unter jemandem.

Regierung ist eine Abmachung zwischen dir und mir. Wir haben beide oft unrecht.

Verbrechen ist entweder ein anderer Name für Not oder als Krankheit anzusehen.

Gibt es einen größeren Fehler, als sich der Fehler anderer Menschen bewußt zu sein?

Wenn der andere Mensch über dich lacht, kannst du ihn bedauern; aber wenn du über ihn lachst, solltest du dir niemals selbst vergeben.
Wenn dich der andere Mensch kränkt, magst du das Unrecht vergessen; aber wenn du ihn kränkst, wirst du dich immer erinnern.
In Wirklichkeit ist der andere Mensch dein empfindlichstes Selbst in einem anderen Körper.

Wie unachtsam bist du, wenn du die Menschen mit deinen Flügeln fliegen lassen möchtest, und du kannst ihnen nicht einmal eine Feder geben.

Einmal saß ein Mann an meiner Tafel und aß mein Brot, trank meinen Wein, ging weg und lachte über mich.
Dann kam er wieder wegen Brot und Wein, und ich wies ihn verächtlich zurück.
Und die Engel lachten über mich.

Haß ist eine tote Sache. Wer von euch möchte ein Grabmal sein?

Es ist die Ehre des Ermordeten, daß er nicht der Mörder ist.

Die Bühne der Menschlichkeit ist in ihrem schweigenden Herzen, niemals in ihrem redsamen Verstand.

Sie halten mich für verrückt, weil ich meine Tage nicht für Gold verkaufen will.
Und ich halte sie für verrückt, weil sie glauben, meine Tage hätten einen Preis.

Sie breiteten ihren Reichtum an Gold und Silber, Elfenbein und Ebenholz vor uns aus, und wir breiteten unsere Herzen und unseren Geist vor ihnen aus.
Und doch hielten sie sich selbst für die Gastgeber und uns für die Gäste.

Lieber möchte ich zu den geringsten Menschen gehören, mit Träumen und dem Verlangen, sie zu erfüllen, als der Größte zu sein, ohne Träume und ohne Verlangen.

Der erbärmlichste unter den Menschen ist der, der seine Träume in Gold und Silber verwandelt.

Wir klettern alle auf den Gipfel unseres Herzenswunsches zu. Würde der andere Kletterer deine Wegzehrung und deine Geldbörse stehlen und würde fett von dem einen und schwer von dem anderen, solltest du ihn bedauern.
Das Klettern wird schwerer für seinen Körper sein, und die Last wird seinen Weg verlängern.
Und solltest du in deiner Magerkeit sehen, wie sein Körper keucht, hilf ihm einen Schritt; es wird deine Schnelligkeit erhöhen.

Du kannst nicht irgend jemanden über dein Wissen von ihm hinaus richten; wie klein ist dein Wissen.

Ich würde keinem Eroberer zuhören, der den Besiegten predigt.

Der wahrhaft freie Mensch ist der, der die Last der leibeigenen Sklaven geduldig trägt.

Vor tausend Jahren sagte mein Nachbar zu mir: «Ich hasse das Leben, weil es nichts als Schmerz ist.»
Und gestern kam ich an einem Friedhof vorbei und sah auf seinem Grab das Leben tanzen.

Streit in der Natur ist nur Unordnung, die sich nach Ordnung sehnt.

Einsamkeit ist ein ruhiger Sturm, der all unsere toten Teile zerbricht.
Jedoch treibt er unsere lebendige Wurzel tiefer in das lebendige Herz der lebendigen Erde.

Einmal erzählte ich einem Bach vom Meer, doch der Bach hielt mich für einen phantasiereichen Übertreiber.
Und einmal erzählte ich dem Meer vom Bach, doch das Meer hielt mich für einen geringschätzigen Verleumder.

Wie beschränkt ist eine Einsicht, die die Geschäftigkeit der Ameise über den Gesang der Heuschrecke erhebt.

Die größten Werte in dieser Welt können die kleinsten in einer anderen sein.

Das Tiefe und das Hohe gehen in gerader Linie zur Tiefe oder zur Höhe; nur das Umfassende kann sich in Kreisen bewegen.

Wir würden vor dem Glühwürmchen ebenso ehrfürchtig stehen wie vor der Sonne, wenn wir nicht an unsere Vorstellung von Gewicht und Maß gebunden wären.

Ein Gelehrter ohne Vorstellungskraft ist ein Metzger mit stumpfen Messern und abgenutztem Schleifstein.
Aber was möchtest du, da wir nicht alle Vegetarier sind?

Wenn du singst, hört dich der Hungrige mit seinem Magen.

Der Tod ist nicht näher bei den Bejahrten als bei den Neugeborenen; das Leben auch nicht.

Wenn du aufrichtig sein mußt, sei in Schönheit aufrichtig; sonst halte dich still, weil ein Mann in deiner Nachbarschaft ist, der gerade stirbt.

Möglicherweise ist ein Begräbnis unter Menschen ein Hochzeitsfest unter Engeln.

Eine vergessene Wirklichkeit mag sterben und in ihrem Testament siebentausend Wirklichkeiten und Fakten hinterlassen, die bei ihrem Begräbnis und dem Bau eines Grabes verwendet werden.

In Wahrheit reden wir nur zu uns selbst, aber manchmal reden wir laut genug, damit andere uns hören können.

Klar ist das, was nie gesehen wurde, bis jemand es einfach ausspricht.

Wenn die Milchstraße nicht in mir wäre, wie sollte ich sie gesehen oder wie gekannt haben?

Wenn ich nicht ein Arzt unter Ärzten bin, würden sie nicht glauben, daß ich Astronom bin.

Vielleicht ist die Perle für das Meer die Beschreibung einer Muschel.
Vielleicht ist der Diamant für die Zeit die Beschreibung von Kohle.

Ruhm ist der Schatten einer Leidenschaft, die im Licht steht.

Eine Wurzel ist eine Blume, die Ruhm verachtet.

Schönheit überragt Religion und Wissenschaft.

Jeder große Mensch, den ich kannte, hatte etwas Kleines in seiner Aufmachung; und es war das kleine Etwas, das Untätigkeit, Wahnsinn oder Selbstmord verhütete.

Der wahrhaft große Mensch ist der, der niemanden beherrscht und der von niemandem beherrscht wird.

Ich glaube nicht, daß der Mensch einfach mittelmäßig ist, weil er die Verbrecher und die Propheten tötet.

Toleranz ist Liebe, belastet mit der Krankheit des Hochmuts.

Die Würmer werden sich drehen; aber ist es nicht seltsam, daß sogar Elefanten sich fügen werden?

Ich bin die Flamme, und ich bin der trockene Busch; ein Teil von mir verzehrt den anderen.

Wir alle suchen den Gipfel des heiligen Berges, aber wäre unser Weg nicht kürzer, wenn wir die Vergangenheit für eine Karte und nicht für einen Führer hielten?

Weisheit hört auf, Weisheit zu sein, wenn sie zu stolz wird, um zu weinen, zu ernst, um zu lachen, und zu sehr von sich eingenommen, um anderes zu sehen als sich selbst.

Hätte ich mich vollgestopft mit allem, was du weißt, welchen Raum würde ich für alles, was du nicht weißt, haben?

Ich habe Schweigen von den Beredsamen gelernt, Toleranz von den Intoleranten und Freundlichkeit von den Unfreundlichen; doch seltsam, ich bin diesen Lehrern nicht dankbar.

Ein Frömmler ist ein stocktauber Redner.

Das Schweigen des Neidischen ist zu geräuschvoll.

Wenn du das Ende von dem erreichst, was du wissen solltest, stehst du am Anfang dessen, was du fühlen solltest.

Eine Übertreibung ist eine Wahrheit, die ihre Ruhe verloren hat.

Wenn du nur das siehst, was das Licht offenbart, und nur das hörst, was der Schall verkündet, dann kannst du in Wahrheit nicht sehen, nicht hören.

Eine Tatsache ist eine Wahrheit, die des Geschlechtes beraubt ist.

Du kannst nicht zur gleichen Zeit lachen und unfreundlich sein.

Meinem Herzen am nächsten ist ein König ohne Königreich und ein armer Mann, der nicht weiß, wie man bettelt.

Ein schüchternes Versagen ist edler als ein anmaßender Erfolg.

Grabe irgendwo in der Erde, und du wirst einen Schatz finden, nur mußt du mit dem Vertrauen eines Bauern graben.

Es sagte ein gejagter Fuchs, der von zwanzig Reitern und einer Meute von zwanzig Hunden verfolgt wurde: «Natürlich werden sie mich töten. Aber wie arm und dumm müssen sie sein. Sicher wäre es wertlos für zwanzig Füchse, die auf zwanzig Eseln reiten und von zwanzig Wölfen unterstützt werden, einen einzigen Mann zu jagen und zu töten.»

Es ist der Verstand in uns, der sich den Gesetzen fügt, die wir gemacht haben, aber niemals der Geist in uns.

Ich bin ein Reisender und ein Seefahrer, und jeden Tag entdecke ich eine neue Region in meiner Seele.

Eine Frau sagte protestierend: «Natürlich war es ein gerechter Krieg. Mein Sohn fiel dabei.»

Ich sagte zum Leben: «Ich möchte den Tod sprechen hören.» Und das Leben redete ein wenig lauter und sagte: «Jetzt hörst du ihn.»

Wenn du alle Geheimnisse des Lebens gelöst hast, sehnst du dich nach dem Tod, denn er ist nur ein anderes Geheimnis des Lebens.
Geburt und Tod sind die beiden edelsten Ausdrücke für Tapferkeit.

Mein Freund, du und ich werden Fremde für das Leben bleiben,
füreinander und jeder für sich selbst,
bis zu dem Tag, an dem du reden wirst und ich hören werde,
deine Stimme für meine eigene haltend;
und wenn ich vor dir stehen werde
in der Meinung, ich selbst stünde vor einem Spiegel.

Der Mensch besteht aus zwei Teilen: einer wacht in der Dunkelheit, und der andere schläft im Licht.

Man sagte mir: «Solltest du dich selbst kennen, würdest du alle Menschen kennen.»
Und ich sagte: «Nur wenn ich alle Menschen suche, werde ich mich selbst kennen.»

Ein Einsiedler ist jemand, der auf die Welt der Bruchstücke verzichtet, um sich an der ganzen Welt ohne Unterbrechung zu erfreuen.

Es liegt ein grünes Feld zwischen dem Gelehrten und dem Dichter; sollte der Gelehrte es überqueren, würde er ein weiser Mann; sollte es der Dichter überqueren, würde er ein Prophet.

Gestern abend sah ich Philosophen auf dem Marktplatz ihre Köpfe in Körben umhertragend und laut schreiend: «Weisheit! Weisheit zu verkaufen!»
Arme Philosophen! Sie müssen notgedrungen ihre Köpfe verkaufen, um ihre Herzen zu ernähren.

Es sagte ein Philosoph zu einem Straßenfeger: «Ich bedaure dich. Hart und schmutzig ist dein Tagewerk.»
Und der Straßenfeger sagte: «Vielen Dank, Herr. Aber sage mir, was für Arbeit hast du?»
Und der Philosoph antwortete und sagte: «Ich studiere des Menschen Geist, seine Taten und sein Verlangen.»
Da fuhr der Straßenfeger fort, zu fegen und sagte mit einem Lächeln: «Ich bedaure dich auch.»

Wer der Wahrheit zuhört, ist nicht geringer als der, der die Wahrheit ausspricht.

Kein Mensch kann die Grenze zwischen Notwendigkeiten und Luxus ziehen. Nur die Engel können das, und Engel sind weise und besonnen. Vielleicht sind die Engel unsere besseren Gedanken im Raum.

Der ist der wahre Prinz, der seinen Thron im Herzen des Derwisch findet.

Großzügigkeit gibt mehr als du kannst, und Stolz nimmt weniger als du benötigst.

In Wahrheit bist du keinem Menschen etwas schuldig. Du schuldest allen Menschen alles.

All die, die in der Vergangenheit gelebt haben, leben jetzt mit uns. Sicherlich würde niemand unter uns ein unfreundlicher Gastgeber sein.

Wer sich am meisten sehnt, lebt am längsten.

Man sagt mir: «Ein Vogel in der Hand ist soviel wert wie zehn im Busch.»
Aber ich sage: «Ein Vogel und eine Feder im Busch ist mehr wert als zehn Vögel in der Hand.»
Dein Suchen nach dieser Feder ist das Leben auf beschwingten Füßen; nein, es ist das Leben selbst.

Es gibt hier nur zwei Elemente, Schönheit und Wahrheit. Schönheit in den Herzen der Liebenden und Wahrheit in den Armen der Akkerbauern.

Große Schönheit bezaubert mich, aber eine noch größere Schönheit befreit mich von ihr selbst.

Schönheit scheint heller im Herzen dessen, der sich danach sehnt, als in den Augen dessen, der sie sieht.

Ich bewundere den Menschen, der mir seine Seele offenbart; ich ehre den, der seine Träume entschleiert. Aber warum bin ich schüchtern und sogar ein bißchen beschämt vor dem, der mir dient?

Die Begabten waren einst stolz, Prinzen zu dienen.
Nun beanspruchen sie, den Armen dienend, Ehre.

Die Engel wissen, daß zu viele praktische Menschen ihr Brot mit dem Schweiß auf der Stirn des Träumenden essen.

Witz ist oft eine Maske. Wenn du sie zerreißen könntest, würdest du entweder einen verärgerten Geist oder Gaukelei treibende Klugheit finden.

Der, der Verstand hat, schreibt mir Verständnis zu und der Dumme Dummheit. Ich glaube, sie haben beide recht.

Nur die, mit Geheimnissen in ihren Herzen, können die Geheimnisse in unseren Herzen ahnen.

Wer an deinem Vergnügen teilhaben möchte, aber nicht an deinem Schmerz, soll den Schlüssel zu einem der sieben Tore des Paradieses verlieren.

Ja, es gibt ein Nirvanah; du spürst es, wenn du dein Schaf zu einer grünen Weide führst, dein Kind zu Bett bringst und die letzte Zeile deines Gedichtes schreibst.

Wir wählen unsere Freuden und Leiden lange aus, bevor wir sie erproben.

Traurigkeit ist nur eine Mauer zwischen zwei Gärten.

Wenn entweder deine Freude oder deine Sorge groß wird, wird die Welt klein.

Verlangen ist das halbe Leben; Gleichgültigkeit der halbe Tod.

Die bitterste Sache an unseren heutigen Sorgen ist die Erinnerung an unsere gestrigen Freuden.

Man sagt zu mir: «Du mußt notgedrungen zwischen den Vergnügen dieser Welt und dem Frieden der nächsten Welt wählen.»
Und ich sage zu ihnen: «Ich habe beides gewählt, die Freuden dieser Welt und den Frieden der nächsten. Denn ich weiß in meinem Herzen, daß der größte Poet nur ein Gedicht schrieb, und das klingt perfekt und ist auch perfekt gereimt.»

Vertrauen ist eine Oase im Herzen, die von der Karawane des Denkens nie erreicht wird.

Wenn du deinen Höhepunkt erreichst, sollst du Wünsche aussprechen, aber nur um zu wünschen; und du sollst hungern für den Hunger; und du sollst für den größeren Durst dursten.

Wenn du dem Wind deine Geheimnisse offenbarst, solltest du den Wind nicht tadeln, wenn er sie den Bäumen offenbart.

Die Blumen des Frühlings sind die Träume des Winters, am Frühstückstisch der Engel erzählt.

Es sagte ein Stinktier zu einer Knolle: «Sieh, wie schnell ich laufe, während du weder gehen und nicht einmal kriechen kannst.»
Sagte die Knolle zum Stinktier: «O, edelster Schnelläufer, eile bitte schnell!»

Schildkröten können mehr über die Straßen erzählen als Hasen.

Seltsam, daß Geschöpfe ohne Rückgrat die härteste Schale haben.

Wer am meisten redet, ist der am wenigsten Gescheite, und es gibt kaum einen Unterschied zwischen einem Redner und einem Versteigerer.

Sei dankbar, daß du weder unter dem Ruhm eines Vaters leben mußt noch unter dem Reichtum eines Onkels.
Aber vor allem sei dankbar, daß niemand unter einem von beidem, deinem Ruhm oder deinem Reichtum, wird leben müssen.

Nur, wenn ein Jongleur es verpaßt, seinen Ball zu fangen, wirkt er auf mich.

Der Neidische preist mich unwissend.

Lang warst du ein Traum in deiner Mutter Schlaf, und dann erwachte sie, um dich zu gebären.

Der Keim des Geschlechtes ist in deiner Mutter Sehnen.

Mein Vater und Mutter wünschten ein Kind, und sie zeugten mich.
Und ich wünschte eine Mutter und einen Vater, und ich zeugte die Nacht und das Meer.

Einige unserer Kinder sind unsere Rechtfertigung und einige nur unser Bedauern.

Wenn die Nacht kommt und du bist auch dunkel, lege dich hin, sei mit Willen dunkel.
Und wenn der Morgen kommt und du bist noch dunkel, stehe auf und sage zum Tag mit Willen: «Ich bin noch dunkel.»
Es ist töricht, eine Rolle mit der Nacht und dem Tag zu spielen.
Sie würden beide über dich lachen.

Der Berg, in Nebel verhüllt, ist kein Hügel; eine Eiche im Regen ist keine Trauerweide.

Siehe, hier ist ein Widerspruch: Die Tiefe und die Höhe sind näher zueinander als die Mitte zu beiden.

Als ich als klarer Spiegel vor dir stand, starrtest du mich an und sahest dein Gesicht.
Dann sagtest du: «Ich liebe dich.»
Aber in Wahrheit liebtest du dich selbst in mir.

Wenn du dich daran erfreust, deinen Nächsten zu lieben, hört es auf, eine Tugend zu sein.

Liebe, die nicht immer wieder neu entsteht, stirbt ständig.

Du kannst nicht Jugend und das Wissen um sie zur gleichen Zeit besitzen; denn die Jugend ist zu beschäftigt, um das Leben zu kennen, und das Wissen ist zu beschäftigt, um sich selbst im Leben zu suchen.

Du magst an deinem Fenster sitzen und die Passanten beobachten. Und während du beobachtest, magst du eine Nonne sehen, die zu deiner Rechten geht und eine Prostituierte zu deiner Linken.
Und du magst in deiner Einfalt sagen: «Wie edel ist die eine und wie unedel die andere.»
Und solltest du deine Augen schließen und eine Weile lauschen, würdest du eine Stimme hören, die in den Äther flüstert: «Die eine sucht mich im Gebet, und die andere im Schmerz. Und im Geist von beiden liegt ein Raum für meinen Geist.»

Einmal, alle hundert Jahre, trifft Jesus von Nazareth den Jesus der Christen in einem Garten zwischen den Hügeln des Libanon. Und sie sprechen lange; und jedesmal geht Jesus von Nazareth fort, indem er zum Jesus der Christen sagt: «Mein Freund, ich fürchte, wir werden niemals, niemals übereinstimmen.»

Möge Gott die Überreichen ernähren!

Ein großer Mann hat zwei Herzen; das eine segnet und das andere hat Geduld.

Sollte jemand eine Lüge erzählen, die weder dich noch jemand anders verletzt, warum sagst du nicht in deinem Herzen, daß das Haus seiner Tatsachen zu klein ist für seine Vorstellungen und er es für größeren Raum verlassen muß?

Hinter jeder verschlossenen Tür liegt ein Geheimnis, versiegelt mit sieben Siegeln.

Was wäre, wenn die Sorge ein neues Fenster in der Ostwand deines Hauses ist?

Du magst denjenigen vergessen, mit dem du gelacht, aber nie denjenigen, mit dem du geweint hast.

Es muß etwas seltsam Heiliges im Salz sein. Es ist in unseren Tränen und im Ozean.

Unser Gott mit seinem gnädigen Durst wird uns alle trinken, den Tautropfen und die Träne.

Du bist nur ein Bruchstück deines riesigen Selbst, ein Mund, der Brot sucht, und eine blinde Hand, die einen Becher an einen durstigen Mund hält.

Wenn du nur eine Elle über Geschlecht, Land und dein Selbst wachsen wolltest, würdest du göttlich werden.

Wenn ich du wäre, würde ich bei Ebbe keinen Fehler am Meer finden.
Es ist ein gutes Schiff, und unser Kapitän ist fähig; es ist nur unser Magen, der in Unordnung ist.

Wonach wir uns sehnen und was wir nicht erreichen können, ist teurer als das, was wir bereits erreichten.

Solltest du auf einer Wolke sitzen, so würdest du keine Grenzlinie zwischen dem einen und dem anderen Land sehen, auch nicht den Grenzstein zwischen einer Farm und einer anderen.
Es ist schade, daß man auf keiner Wolke sitzen kann.

Vor sieben Jahrhunderten flogen sieben weiße Tauben aus einem tiefen Tal zu dem schneeweißen Gipfel des Berges. Einer der sieben Männer, die den Flug beobachteten, sagte: «Ich sehe einen schwarzen Fleck auf dem Flügel der siebenten Taube.»
Heute erzählen die Menschen in dem Tal von sieben schwarzen Tauben, die zum Gipfel des verschneiten Berges flogen.

Im Herbst sammelte ich alle meine Sorgen und vergrub sie in meinem Garten.
Und als der April wiederkehrte und der Frühling kam, die Erde zu heiraten, da wuchsen in meinem Garten schöne Blumen, nicht zu vergleichen mit allen anderen Blumen.
Und meine Nachbarn kamen, um sie anzuschauen, und sie sagten zu mir: «Willst du uns, wenn der Herbst wiederkommt, zur Saatzeit, nicht auch Samen dieser Blumen geben, damit wir sie in unseren Gärten haben?»

Es ist in der Tat bedauerlich, wenn ich eine leere Hand den Menschen entgegenstrecke und nichts empfange; aber es ist hoffnungslos, wenn ich eine volle Hand ausstrecke und niemanden finde, der nimmt.

Ich sehne mich nach der Ewigkeit, weil ich dort meine ungeschriebenen Gedichte und ungemalten Gemälde treffen werde.

Kunst ist ein Schritt von der Natur zur Unendlichkeit.

Ein Kunstwerk ist ein Nebel, der in ein Bild geschnitzt ist.

Sogar die Hände, die Kronen aus Dornen machen, sind besser, als untätige Hände.

Unsere geheimsten Tränen suchen nie unsere Augen.

Jeder Mensch ist der Nachkomme eines jeden Königs und eines jeden Sklaven, der je lebte.

Wenn Jesus' Urgroßvater gewußt hätte, was in ihm verborgen lag, würde er nicht in Ehrfurcht vor sich selbst gestanden haben?

War die Liebe von Judas' Mutter für ihren Sohn geringer als die Liebe Marias zu Jesus?

Es gibt drei Wunderdinge unseres Bruders Jesus, die noch nicht in der Bibel stehen, das erste, daß er ein Mensch war wie du und ich; das zweite, daß er einen Sinn für Humor hatte; und das dritte, daß er wußte, daß er ein Sieger durch Besiegte war.

Gekreuzigter, du bist auf meinem Herzen gekreuzigt; und die Nägel, die deine Hände durchbohren, durchbohren die Wände meines Herzens.
Und morgen, wenn ein Fremder an diesem Golgatha vorbeigeht, wird er nicht wissen, daß hier zwei bluten.
Er wird es für das Blut eines Menschen halten.

Du magst vom gesegneten Berg gehört haben.
Es ist der höchste Berg in unserer Welt.
Solltest du den Gipfel erreichen, hättest du nur ein Verlangen, und zwar, herabzusteigen und mit denen zu sein, die im tiefsten Tal wohnen.
Deshalb nennt man ihn den gesegneten Berg.

Jeden Gedanken, den ich in die Sprache eingekerkert habe, muß ich durch meine Taten befreien.